KB075386

아흐레 민박집

차　례

제 1 부

제 2 부

제 3 부

제 4 부

제 1 부

미움을 받든 소

정든 소가 되고 싶다
한낮 한복판
술 뙤약에 익어 흩어지거나
발이 네 개나 되어서
한번씩 쓰러졌으면 좋겠다
바람이 불고
많은 것이 떠나갔고 다시
바람속에 나 있을 것이므로
들판을 오롯이 버티다가
미운 소가 되고 싶다
너무 많이 그리워했으니
어쩌면 한낱 티끌에 지나지 않을
사람을 많이 잃어버리고도
외롭지는 않게
미움을 받든 소가 되고 싶다.

시골길 가겟집에

흙먼지 뒤집어쓴 시골길 가겟집
흐린 유리문을 열자
주둥이가 뻴겋구
싸하게 치어오르는 사이다 한병이 있었다구 한다
그래서 어디서 봤다구
예전에 어디서 살았냐구 서로 되받구 하면서
지폐 한장 건네구 받는다구 하다가
물큰 만져지는 게 있었다구 한다
30년 전 서울하구 왕십리의 번지수를 맞추구
신혼으로 살았던 문간방을 들춰내다가 말구
얼싸안았다구 한다 애들처럼 울었다구 한다
그래서 검주름진 눈물과
수척하게 떠받은 그날들이
귀멀구
늙은 염소 같은 두 사내에게 닥쳐왔다구 한다
그렇게 멀리멀리 잊혀졌던 격정이
버스보다 낮고 길보다 초라하게 내려앉은
시골길 가겟집에 남아서 살구 있었다구 한다.

雨村에서

가진 것 없이 태어나서
멀리 갈 곳도 산그늘이다
때론 철길 위에 앉아 있곤 했지만
그저 푸른 옷의 철도원
이렇게 비 오고 어둑한 날이면
철길을 따라 똑바로 집에 간다
떠나간 아내의 빨간 우산에
3년이 40년에 빗소리 소란하다
마당엔 비 연기 자옥이 깔리고
남겨뒀던 탁주 한배기
차가운 파문 속에서 뜨거움이 인다
날이 저물고
절 없는 지방과 오래 앉아
사방의 불길 건잡을 수는 없다
제비 눈이 반짝이고
머리카락이 젖고 얼굴이 젖는다
이 다음은 또 턱에 어쩌면 좋은가.

사람이 보인다

불러 세우는 소리나 그림자 하나 없는
저만큼 산모롱을 자전거는 돌았다
굴러 오르느라 휘적이는 몸짓도
그를 휘감던 입김도 이제 보이지 않는다
그러나 눈감으면 산허리를 급히 쏟아내는 길
길을 따라 비좁은 하늘
오르고 내려가던 사람들의 길이 보인다
그를 따라 보인다
모양모양 양지에 나온 사람들과
사람들을 돌아앉은 쓸쓸함과
낯익은 이름들이 목구지로 퍼져서 울린다
눈을 감으면 보인다
언제나 허술하고 어줍으므로
그대들 사는 커다란 의미와는 달리
과도한 적막으로 산다는 거기와는 분명히 달리
여기엔 아직도 사람이 보인다
어제도 오늘도 돌부리 가득한 고샅길에도
너무도 잦고 지겨운 돌아오는 저 사람들이.

춤추는 국숫발

버스 밑을 때리는 돌따귓길 지나
보은 거쳐 원남장터 그 안으로
버스도 한잠을 쉬었다가 가자면
밖으로 쇠전을 끌어안은 차부에는
은비녀를 꼭 잡은 머리칼과
찐 달걀을 팔러 올라온 외손이와 늘
발 저는 검표원의 시비가 있었다
차부 옆은 대장간
대장간은 포목점, 맥주집으로 바뀌고 있더니
그새 돌아앉아 여관은 들어섰고
그 곁 농협 앞엔
햇볕과 그림자와 독한 담배연기의 노인들
쪼그려 우산으로 땅을 긋는데
어디 더 가랴, 백미러 속으론
소피보러 갔다가 놓친 버스를 쫓는
나와 내 낡은 얼굴이 숨차게 흔들렸고
저편 무시의 마당귀엔 춤추는 국숫발이.

녹동항

손구락 잘린 문둥이들 건너가고
술상 위 궁뎅이 크게 하고
팔려갔던 계집애들의 납작한 포구
거기, 지나가는 자 하나
숙이 허벅지짝만한 한치 한마리를 사서
뜨거운 길바닥에 앉아
얼굴에 고추장 빨갛게 바르고 빨고
한낮의 하얀 소리
먹고 잘라먹고 남기고 일어서서 갔다
바다 건넌
붙이지도 못한 꽃도 없는 능소화 한 척
험한 초록만 잔뜩 짙었는데
어리고 대나무 짚고 홀로 베옷 입은
암표범 같은 계집아이
까만 번들거리는 볼때기로 지나가다
얇고 길고 붉은 입술로 똑바로 마주서서
흘기듯 눈꽁댕이 남기고 갔다.

땅끝에서

오랜 이 사람을 두고 헤어날 수 없는 거리로 운다

가는 게
오는 것보다

남으리란, 지척 슬픈 말이리라

뒤뜰 가득 핀 수국이
네 종아리에 무심히 지는 걸 나는 그때 두고서 왔다.

한 파

우르릉, 빗소리는 발목에 춥고
한밤중에 전화가 왔다
——한잔 생각나지 ?
아득했던 그 '행운의 편지' 번지듯
그에게서 받은 말 똑같게
술 생각 나게 하는 목소리가 나를 떠났다
——어때 ?
들마루 노닥거리는 추위와
쓸쓸한 들판으론 탱자 가시울이 있는
하늘을 잦추르는 새떼가 있는
——한잔할까 ?
홀로 지새는 한겨울 움막 속
콩깍지를 닮은 야만의 그리운 목소리들이
이 나라 겨울소 같은 사내들에게.

춘궁기

전교생이 마흔아홉뿐인 포천분교
자전거길을 따라 운동장이 새로 녹으면
마흔아홉에서도 빠지고
일찌감치 서울의 기민함에서도 빠졌고
결혼에서도
휴일의 여정에서도 빠져버린 총각 선생님이
텅 빈 교무실에 곱상하게 나와 앉아
미루고 미뤄왔던 포천의 명물
막걸리맛이나 제대로 알아볼 참으로
손구락 휘휘 저어 목젖에 깊게 지를 때면
아부지의 텔레비에서 쫓겨나고
안마당 가구공장서 쫓겨나고
엄마의 막걸리집에서 쫓겨나
학교밖엔 갈 곳이 없는 아이들이
창가에 봄햇살처럼 파안하게 몰려왔다가
저렇게 먹으면 취하는데
저렇게 먹으면 취할 텐데
키를 틀어 걱정들이 한창이다가
얼굴을 겹쳐놓구 웃구 들까불다가

자전거길은 그예 구불구불 얼어붙고
다시 심심하게 흩어지는 아이들의
발자국을 짜륵짜륵 따라오던 저물녘 살얼음도
이제는 오래 되어 재미를 잃었다는
거기는 포천하구두 머나먼 달 뜰 때까지.

인천 성냥공장

젖은 눈썹을 내리깔고 엄마는 날 때렸다
사내애들을 바짝 욱여끌고
골목마다 함석짝을 두들기며
인천에 성냥공장……
하루에 한갑 두갑……
어쩌구 노래하며 목청 돋운 뜻은
사기공장엘 간다거나
나가 논다는 것두 아녔는데
포대기끈 같은 걸루
대나무 속청 같은 걸루
언니의 피가 배이도록
젖은 눈썹을 내리깔고 그 노래는 날 때렸다.

아흐레 민박집

이슬 내린 뜰팡서
촉촉이 젖어서 자던 신발들이 좋다
모래와 발바닥과 강물이 간지럽다
숙취 하나 없다
아침부터 마셔도 취하지 않는 이 바람
바람의 살
그 살결의 허릿매가 저리게 좋다
돌아갈 곳을 가로막는
파꽃 같은 이 집 돌아온 따님이
들어가 나오지 못하는 부끄러운 부엌
그 앞을 종일 햇살로 어정대서 좋다
병 주둥이 붕붕 울리며 철겹게 논다
그렇게 노는 게 좋다 한다
안 떠나는 게 좋아서 아흐레 민박집
둘러앉아 함께 밥을 먹던
바람의 속살이 잠을 설쳐서
마냥 이 집이 마음에 좋다.

우리가 별이었다면

우리가 사람이 아니었더라면
슬픔이나 기침, 가난이나 두려움이 아니고
시린 저 하늘 끝 눈물겹게도 챙챙한 설움이었다면
울긋불긋한 가을날
추수를 끝낸 논바닥에 흩어져 시끌벅적하게 놀아도 좋은 참새떼였더라면
사람이었다면
그래서 먼 하늘에 반짝이는 별이었다면
우리가 사람이 아니고
어차피 반짝이거나 반짝였다가 사라지는 것이었다면
그리하여 꽃 피거나 꽃 지거나
여러 숱한 터울에도 고스란한 씨앗의 씨앗으로 보듬을 수 있었다면
별이었다면
아, 우리가 결코 사람이 아니고
슬픔이나 기침, 가난이나 두려움이었더라면.

독을 넘는 샘물

밤새 읍내의 술독을 뒤지고 온
이 집의 도깨비들이
떨어진 닭털 속에
몽당비 속에
도라지 뿌리 속에 잠자고 있다
수국이 제 머리 위에 벙근 꽃 하나를 가리킨다
거기 있는 것 다 들켰다
주인 잃은 옷가지를 샘물에 구겨넣으면
가랭이가 후다닥, 튀어나가고
바람도 없이
곳곳의 이파리 팔랑 뒤집히고 칭얼거린다
목소리에도 살림에도
네가 남긴 벼랑 곳곳에 내 마음이 타는
마음속의 빈집
네가 가꿔논 작은 꽃밭 속에서
목 타는 손 하나가 샘물을 흘린다.

노 래

노래하면 눈물이 난다

경미도 울고
꽃례도 울고
잔칫집에 삼촌도 운다

입술 갈라지고
뜰에 있더니
뒷동산
꽃례의 노래에

무릎을 세우고
경미가 울고
삼촌이 돌아서 있고
뒷담으로 꽃잎이 분다

노래하면 바람이 분다.

파 안

소 없이 소 같은 놈이
아이들을 소낙비로 몰고 다닌다

들콩처럼 아이들을 까불러서
내놓기를 중어른들 골목길이다

도망갈까 물어보고 잡혀준다
엉덩일 뒤집고 매맞으며 웃는다

맞으면서 웃고 웃으면서 또 맞고
파출소도 빙그러니 웃고만 간다

이웃의 참새떼도 몰려서 와
하교길로 난 조붓한 골목길이다.

미루나무 강바람

네 고운 아내는 파라솔 아래 앉아
낯선 햇볕의 화장을 고치고 있었고
너는 두 아이에게 무얼 자꾸만 가리켜 일렀다
나는 아직 아내도 아이도 없이 살고 있다고 말했다
우리는 사는 곳이 달라지더니 말씨가 바뀌었고
말 따라 생각하는 것도 달라진 것 같았다
그래도 넌 고향의 산과 물이 제일이라고 거듭했고
나는 순진하게도 네가 없었던 때의 여러 일들과
그 사람들 소식을 또 일일이 얘기한 것만 같다
나는 이제 얼굴이 검게 그을리고 쭈글쭈글하다
모가지까지 꼬깃꼬깃 검어진데다
담배잎마냥 너른 와이셔츠 깃은 촌스럽기까지 했다
네가 떠난 길엔 마른 흙이 일고
나는 미루나무 서늘한 강바람인 것 같았다
사람 사는 생각으로 땅을 보고 가야 할라는가보다
면내를 피해 고샅을 구불구불 지나
함석문과 몇발짝 흙마당과 새고 있는 수돗물과
뜰팡과 누렁이와 마루와 베개도 밀어버리고
그 무슨 생각을 한참은 더 해야 할라는가보다

보 끝에 나가 철썩이며 놀던 너의 아이들
알 슬러 나온 놈들처럼 천정에 늘러붙은 그 아이들
너무나 잘 생기고 늠름하고 부러운 아이들이었다
방문을 닫고 베개와 이불을 끌어 몸뚱일 묻는다
오토바이를 시끄럽게 몰아세우며
길용이와 금환이가 소주짝을 풀어야 할 저녁이었다.

제 2 부

역전의 나무의자

바구니를 당겼다 밀어낼 때마다
바깥만 투영된 그의 검은 안경 속으론
유행가와 하체를 옴츠렸다 내뻗는 타이어 끄는 소리가
멈췄다 이어져
온몸이 배로 끌려가는 구걸은
짓무른 환형동물의 소리로 시달렸고

꽃들이 작고
들판이 보드라운 머나먼 애벌레의 나라가 나에게도 그리
웠다
역을 바라보는 나무의자에.

닭을 잡는 겨울집

말이데,
이 집의 겨울은 무정란의 불구
냄비 하나와 딱딱한 구들뿐인데
두붓살에 미꾸리 파고드는 밤
쩔쩔 끓는 아랫목에 불줄기 줄줄 녹는 밤
서툴게 끄냈다가 무장무장 끌고 가는
음탕방탕 화두도
읍내로 소주 받으러 간
거, 혁명적 낭만주의자라는 시형들도
꽁꽁 얼어붙은 자지가 다 깨지면서
동지섣달 엄동도 난세 중 지낼 만한 난셀 건데
아랫배에 잔뜩 베개를 끌어안고
무시시하게 말인데,
이 집의 겨울은 바람벽이 문
울고불고
냄비 하나와 딱딱한 구들이 하나
날이 잘 선 작두가 하나, 딱 하나.

허무는 그날

처음 지을 때의 시멘트와
나무 냄새 쿵쾅거리며 뜯겨 열리면서
각목과 합판과 벽돌이 매캐하게 얽히고 쌓이면서
골목 속 음식점이
짤막한 서간문에 가로막히면서
합판을 뜯어낸 그곳에
그 오래 전,
목수일이 마땅찮던 또 어떤 목수가 보이면서
치수를 계산하다가 문득 생각이 나 적어보았을
그리고 쑥스러이 웃어버렸을
그 사람 그 냄새가 물큰하면서
지금 이 보조 목수가 만만찮게 마주 서 있게 되면서
언젠가 허무는 날,
그때 다시 만나자는 벽 속의 그 말에
그날이 바로 오늘이라며
그런 날이 언제나 오는 거냐며
이 목수 보조가 장비마냥 게게게 웃고 서 있으면.

종이 소

어머니하구 늦은 저녁을 먹었다
무장아찌와
멸치 우려내어
언제 갈 거니? 건져낸 국수가 다였다

"살아 있는 것들에게 폭력을 쓰지 마라
살아 있는 것들을 괴롭히지 마라……
저 광야를 가고 있는 무소의 뿔처럼 외로이 가라"*

나는 소 한마리만을 남겨놓은 채
밤을 타고 떠나왔다
잠든 듯 움직임이 없는 쇠진한 들판 앞에서.

* 숫타니파타 35절의 부분.

장위리 가는 길

강 복판 풀등에 갯버들 늘어선 청산 장위리
등이 뻘겋게 벗겨진 청년들이 나와
솥을 걸고
고추장을 잔뜩 풀어 생선국수를 끓인다 하고

미로의 청계천 박스더미에 기댄 나는
연하여 울려대는 전화벨 속에서
그 아련함 속에서
멀리 만월리를 넘어가는 재를 보았고
종각이 있고
상여간을 지나는 고샅 어귀를 떠올리고 있었다
그리고 거기,
굵은 두 눈을 부라리며 아직도 살아서
오가는 이들을 낱낱이 참견하고 있을
어느 늙은이의 죽음을 추어내다가 나는 그만
물거죽 가벼운 벌레의 마음 또 견디지 못해
종로통 한복판을 굽이치는 강물이 되어 있었다
힘찬 여울목이었다
빼어난 한마리 끄리나 첨벙이는 누치였다

솥을 걸고 고추장을 잔뜩 풀어
생선국수를 끓이던 그 옛날 친구 몇이 남아
저만치 냉장고를 지고 나타난 나를 알아보겠다고
그런그런 사투리를 멈춘
낯설고 의아하다는 등허리로 주춤 서고 있었다.

버려진 목발

거쿨진 누구의 순화였을까

겁먹은 공기와
티겁의 소란 속에서

어느 순한 길
장작으로 패대고 있으니

누구여서 이 나뭇조각에 당당해진 다음

그것은 제 발로 걸어서

홀연,
저 먼 광막을 지향했단 말인가.

장마굴

우르렁거리며 장마구름 검누렇게 물러나는
십리 저쯤,
납작납작한 몇채의 집 앞엔
망초 하얀 사람들이 나와 얼마 전 건져낸 시신을 떠나보내고

이 멀리 돌아갈 길 없다는 논두렁 속
늙은 짐승으로 갇힌 가물치와
가난을 빠져나오지 못한 아버지가 함께 진창에 머리를 박고 험한 소리로 울고 있었다

길고 힘겹고 막다르게 애태우며 살아가는 것만이 사는 것인가

펄쩍펄쩍, 스스로에 놀란 몸짓으로
아랫도리만한 생의 아가미에
팔뚝을 잔뜩 집어넣은 여남은살 까까머리가 들판과 발길로 저를 내달리고 있었다.

소의 눈

평생의 일 그만두라고
서럽게 감김치를 먹는다
머리엔 붉은 꽃을 꽂고
다리는 둘로,
셋으로 무릎을 꿇는다
결국은 턱으로 설 수밖에 없다
그러나 마지막 몸떨림,
어찌 저 하늘에 눈마저 잠그겠는가
이 고기 다 뜯어먹히운대도
내 눈엔 언제나
들판을 추어내던 발자국과
이 세상,
기나긴 챗열에 감긴
눈물겹고 눈물겨운
짐승 하나는 살고 있을 터이니
평생이 다 노동일 터이니.

조화를 피우는 장마비

청솔나무 둥글게 두른 스티로폼 위
싱싱한 꽃들이 촘촘히 꽂히고
가윗소리 가벼웁고
빗방울
일복에 겨운 꽃집 사내의 콧노래를 적실 때
지금은 사정이 좋지 않다는
저, 인연 가벼운 날의 큰대문집
그 지붕 위로 울울하게 모여든 장마비는
뒷창에 수근거리며 끓는 장국과
매국의 발자국
오만한 담장
황금의 나뭇가지와
곱디고운 며느리들 무명치마와
곧이어 늘어설 검은 차들의 지붕 그리고
조화를 끌고 간 자전거길까지 시원히 덮을 것이다
칠월 어느 아침은
무겁다는 저 권세도 한겻의 사람 내음도
서둘러 지우고서 이제 가기는 갈 것이다.

에밀세, 이 사람아

며느님께 소식은 들었네만
대체 이게 무슨 일인가 이 사람아
그깐 야근 며칠에 쇠진한 꼴을 내보이다니
그럴 수가 있는가 이 사람아
옛날, 집에서 학교 다닐 땐
이십리를 나가 재첩 둬 말을 거둬 오구두
뚝딱 밥 말아먹구 코 골면 그만이구
자전거를 전하겠다구 백리 길을 밤새 달려갔다간
아침이면 덜렁 집에 들어서서 학교 가던 사람이
그렇게 조석을 구별 못하시구
떨어진 홍시마냥 누워만 있다니
이게 무슨 꼴이란 말인가 이 사람아
이제 겨우 새끼 둘에 방 두 칸인 사람이
방 두 칸에 세 사는 사람이
사람 사는 성의나 예의라곤 하나두 없이
회사 가는 양복이 무슨 육진장포라구
짚뭉치마냥 쓰러져 있다는 건가
이 못난 사람아,
에미는 마음이 아파서 추신을 하니

내일은 벌떡 털고 일어나시게나 이 사람아
벌떡 일어나,
이 에미 칠십 평생 애비 없이 키운 자식에게
호들갑으로 올라가야 하는 수모를 겪지 않도록
자네의 성의를 보여주시게나 이 사람아.

사람의 그림

화계장터 안 공중변소 외벽엔
장터 할머니가 쓱쓱 그려놓았다는
빨강 치마
파랑 바지 두 점이 단역이다

칼을 갈던 노인이
귀에 꽂았던 꽁초를 피워물며
이쪽이 경상도고 저쪽이 전라도라며
두 무릎을 여닫는다

멈춰선 객지 손님들을 바라고
난전에 내걸린 옷가지 가운데의
몸뻬바지 한장이
그 몰아애에 겨워 팔랑이고 있었다.

母 書

우리가 세상을 낳는 거다 그리하여
찢어지고 갈라내는 아픔으로
일생은 살아가는 거다
살아서 가는 거다
사내들, 땅 위의 건달들
드잡이질로 반백을 후딱 해치우고 있을 때
다리 하나 내어밀고 막혀버린 송치와 함께
끝내 서서 버티는 에미소도
이땅에는 끈질기게 있어야 하는 거다
우리 함께 여자로 태어나 있기는 하지만
빈 들판으로 발 디디려니
고통은 무한한 곳으로 간다
의지가지 없어도 그것이
우리가 대신하는 바보 같은 기쁨이려니
일생은 살아서 가야 하는 것이려니.

나비의 대합실

터미널 표정을 왜곡하며
구불구불 일그러진 대형 거울
충청도 사투리 서 있는 꼴로
유리문 바깥에 비치는 아부지
밥 잘 잡수시고요……
찬물로 세수하지 마시고요……
이런 말로 종잇돈 몇장 접고 접고
고속버스 뒤뚱뒤뚱 떠난다
너울거리는 후광에 겨워
어디로 떠나려는 버스인가
중간쯤 늙은 나와 마주 오는 저 사내
왼 가슴에 내려앉은 노란 나비
아무도 소리가 없는 눈그늘
나비 나비 나비…… 나비떼들
꽃 없는 장다리만 가득 흔들리는데.

또 다른 꽃들

창의 햇볕을 가린다고
잘라낸 자리로 물 오르는 소리
눈물일는지
그래도 화신은 난만할는지
꽃망울은 온밤을 시끄럽혔다

발을 저는 까마귀, 타다 남은 타이어, 동공 가득 퍼지던 끄름, 지난 여름 칼집 아래 꿈뻑이던 잉어 눈, 소주병 조각이 새살 속에 파고들었다 꽃이 피었다

그리하여 창밖
개구리 어깨로 맞은 아침
옆집 담장 위 화분에로
이미 나는 나의 회생부를 놓쳐버렸는지
살구나무 물 오른 자리
파꽃이 피어 있었다
환히 피어서 울고 있었다.

구석 건넌방

어디라 가서 잘 살 수 있을까

눈물이 많았는데

아득하게 뼈만 남아서
가다가 서구, 가다가 주저앉군 했는데

수국이 보이는 뒤뜰

저 그늘방에 할머니 어머니처럼 오래 있었는데

이젠 어디서든 다시는 볼 수 없다지만.

가을 속 외박골에

다시 찾은 가을볕 토종닭집
흰 빨래와 거망빛 고추가 바짝 말라 있었다
울안에서 언뜻 돌아본 들은 불붙은 평원을 달리는 타조와 같았다
주인을 부르려다 뒷걸음으로 나온 것은
목을 떨군 주검을 먼저 보았기 때문만은 아니었다
어디를 가 본시의 그리움을 모두 찾으랴
어둠은 지평선 위로 올라오지만
모든 건 무겁게 내려앉은 저 흰 꺼풀 속의 들판에 다 속해 있었다
생이 한 계절에 멈춘 것도
하루 한겻에 평생을 모두 잃은 것도
소슬히 목에 닿는 이 고단하고도 깨단하단 것들도.

원앙빛 아주머니

급히 새끼들을 숨긴 에미 원앙
곧바로 논배미 쑥밭 되도록 퉈다니며
소주 댓 짝 들이켠 듯
날개 부서진 듯
한바탕 흙탕을 쳐
쇠붙이 두발짐승 뒷걸음으로 물러가게 합니다
비록 노점이라지만
팔뚝 질끈 걷어올리며
불 같은 눈엔 결전 의지가 가득합니다
하늘이 눈앞에 그렇게 깜깜하던 날
이런 게 사람에게 있었다면 어머니들이었겠지요
아파트 입구에 포장을 친 원앙빛 저 아주머니
머쓱해져 돌아가는 단속반 뒤에서
장어를 굽고 낙지를 치고 닭발을 무치며
어느새 손님을 맞아 환히 웃고 있습니다.

목숨

직업별 평균수명 장수 순위는
종교인 실업가 정치인 교수 고급공무원 순이고
시인 소설가 예술가 언론인 순의
단명 직업인으로 보면
시인이 가장 짧게 살다가 죽는구나
가장 짧게 !
살다
죽으면
시인은 무엇이 되나
남주형 별은 어느 들판에 내리셨을까
그런데 지금 어느 자본의 아가리가
어린 누구의 해맑은 꿈을 빨아 처먹고 있길래
해남 지나 신방저수지 저 산 위
부슬부슬 비를 지지며
집채만한 불덩이는 또다시 떠오르는 걸까.

금방집 옆집

금방집 옆집,
안경알 두텁게 쏟아지거나
아늑토록 책장의 숨을 고르고 있구나
무릎 눋는 냄새는 책 속에 배어서 좋다
베스트셀러도
깡패 같은 출세론도 아니면서
검게 우그러들어 한가운데 자리한 주전잣살과
늙은 이 책방 사내의 30년 무한경이 서로 깃들였구나

돼지껍질을 볶는
길 건너 소줏집 유리창에 비치는 왁자한 저녁이
흰눈 내려 더욱 좋듯이.

저 녁

치아 무너지듯 황폐하게
온 저녁을 무느는 것은
시영아파트
골목골목을 흔드는
두부꾼의 긴 목구지와
그도 가진 잘린 손
바람과 싸락눈이 야멸차다
거기, 차갑게
번들거리며 붉게 흐르는 창들
나는 그 강 후미서
아련 아득하던
그 여자를 추어내었다
소주도 한병 치를 떨었다
청춘이게 한다더니
눈물 산만하던
석양은 다 어디로 갔는가.

제 3 부

절 정

눈부신 슬픔의 구름이 사라지고
평원에 쓰러진 검은 소는 뜯겨나가는 제 몸과 사자 무리를 한눈으로 보고 있었다
가는 비명마저 천천히 먹히우고
거기엔
재봉질하던 어머니와
일찍 집을 나가 오래 잊혀졌던 누이가 먼지도 없이 내렸다
그것은 들판과 구름을 불태우면서.

緣起談

가끔씩 복도를 찾아오는 비둘기에게 모이를 주기 시작했다 발을 절고…… 뒤뚱거리고…… 눈이 빨갛고…… 어느날부턴가 열린 문 안까지 들어서서 먹이를 기다리기도 했다 우리는 작년에 죽은 해피거나 올 겨울 돌아가신 외할머니일지도 모른다는 추측도 했지만 나이가 맞지 않는다고 했다 그런저런 발상들은 이내 치워졌다 추석 아침이었다 차례를 지내고 음복을 하고, 담배를 물고 복도에 나왔을 때 왔던 흔적이 있었다…… 비둘기 똥…… 군데군데…… 얼마나 기다린 걸까…… 종일…… 다시 오지 않는 비둘기……

그런데 해진 날개를 가진 잠자리는 왜 난간에 앉아 소슬바람에도 그 마지막을 접지 못하고 있는 것인가.

늦가을 소 구경엔

소……
그루 솟은 논바닥에 혼자인 소
여름 지나온 쓸쓸함이 풍성하고 바람결에 비게질하는 것은 일하다 쉬던 아버지들 똑 닮았다

아버지……
숙이를 닮은 다방 아가씨
외딴 곳으로 배달 가는 길을 소는 오래 바라보고

가을빛……
가을빛 뽀얗게 들어앉은
서로의 눈동자 속엔 잊혀진 인연들이 탁탁하게 걸려 들판을 외면하고 있었다

산 아래……
작고 납작한 저 집이야
돌아온 숙이가 늙은 아버지의 저녁상에 무어 하나라도 더 내고 싶어 어둑한 부엌을 바장거리는 꿈을 꾸는지

꿈을 꾸는 것인지……

어느 천년이 놀 속에 붉게 일고 가슴은 첩첩산중

때때로 까치는 뛰고 사들고 가는 저 청소주병의 번들거림에 미루어

별인지……

외면의 반짝이는 눈물

도랑물을 따라 구불구불 비치다가 멀리멀리로 짐승 둘이 울고 있다 우우── 산이 울고 있다.

월계동 콩밭

그물을 치고 골프연습장이 들어서더니
출렁이던 콩잎의 녹야는 쓸려나갔다
들밭을 가르며 구부러진 황톳길도 지워지고
바람의 뜸베질도 사라져버렸고
젊은 머릿결과 고운 자태로
머릿속이 콩잎 푸르러지는 길이어요 좋아요 하며
유모차를 끌던 새댁들도 이젠 나오지를 않았다
눈보라 오르내리는 새떼들도 일시에 사라졌고
살이 통통 붙은 비둘기들만 늘어났다
한가운데 버드나무 홀로 더욱 흔들렸다
그리고 다시 트럭들이 들락거리더니
어느 퇴계 같은 색깔의 늦은 오후
여기와 키를 맞춘 아파트가 마주 서 있었고
그 복도 난간엔
철없는 누런 한복차림에 갇힌 한 노인이
짙은 담배연기로 이쪽을 바라보고만 있었다
농사도 끝나고 사람도 마실도 다 갔다
빼앗긴 콩잎의 창문들이 쾅쾅 닫히고 있었다.

好喪

지나는 빗방울 몇닢에
훌렁 벗고 나선 토룡
버릇이라 흙먼지를 끌어안더니
다 틀렸다
그렇게 섬기는 보드라운 팔자가
팔자에 부산하다
태양과 지나는 이 사이
그 슬픔 풀어내는 생각 고요할 때
마치 누구를 이르는 듯
늙도록 사시인 어느 여인의
눈꽁댕이가 내뱉는
저 시끄럽고 엄혹함이란!
바람도 없이
땡감 하나 떨어져 때그르르 구르고
부출 빌려 잠깐 주저앉아서
죽음인데
웃음 왠지 눈에 이루 따굽다.

붉은 색대

비 한창이고
쏟아져 멀리로 밤이 깊고

고개 숙이고 술국을 뜨다가
근지러운
갈빗살들을 날카롭게 쏘아보는
기운의 싹을 보았다

뒷집 형이
가서 돌아오지 못한 밤
그 어린 누이의 신음은
치마폭을 적셨다 인줏빛이었다

피 물고
거느리칠 수 없이 피 물고
커다란 복배를 뚫고 있던
붉은 색대도 젖었다

밤 깊고

머리 위에 빗소리 있고
고개 숙이고 술국을 뜨다가
배알에
새싹처럼 커오는

쿡 박힌
U.S.
커다란 군용 숟가락 속에서.

플라타너스

새벽바람 무서운 간선도로 건너엔
대여섯살 쬐끄만 계집아이가 살고 있었다

——오빠는 추운데도 나왔어?
——오빠는 뭐할라고 나왔어
——오빠는 들어가 응?

이 세계서 가장 이쁜 이름의 어린 누이가
새 파 새순 같은 목소리가
질주하는 차들 사이로 카랑카랑 소리를 질러
세상을 다 서럽혔다
한두 개 그 말투만으로도 눈물 괴었다
그렇게 돌아오다가
저렇듯 기다리다가
길 하나 건너 가로수로 마주선 차가운 오누이를
저 오만한 지세 앞에서 오늘도 보았다.

비무장지대

이름 다른 풀들이
여기서는
모가지가 같네

크기 다른 울음들이
여기서는
사납기가 똑같네

같네
내 마음 비무장지대

벙어리 스마트에
모란마저 터져
그 소리 발목에 같네

소스라쳐 외롭기는
고요함이
한몸의 처지에 같네.

메기의 웃음

아프리카 호수에 건기가 오면
물이 사라지고
풀이 사라지고
코끼리도 코뿔소도 떠나가고
거긴 온통 딴딴하고 거칠은 사막
그 많은 물고기들도
어디론가 풀썩 사라져버린다
그러나 놀라워라 아프리카
몇달이고 몇년이고
빨간 해 지나고
검은 구름 몰려와
바람에 물비린내
땅거죽 발모가지 살랑거리면
십미터 백미터
오랜 몇백미터의 착각 속에서도
샤워하듯 가볍게
머리로 진창을 털며 돌아온다
저 먼 곳의 몇방울 비에도
천연덕스럽게 대지를 틀고 돌아온다

나에게로 쓸쓸한 인간에게로
찢어진 메기의 웃음
흙투성이를 마구 웃는다.

어떤 家訓을 넘어

할아버지의 고향은 산 너머,
산 너머너머 또 너머 자꾸만 산을 넘는 곳이다
할머니의 고향은 거기가 아니다
자꾸만 산을 넘어가는 할아버지의 고향길을 지나
또다시 멀고 멀고 먼 밤과 낮을 수없이 지난다
지금은 아무도 살고 있지를 않아서
눈시울에 일렁이는 손끝만이
허연 눈썹에 닿을 수 없어 쌍그렇다는 곳이다
논과 밭과 시월 추위를 넘치도록 비는 많았고
허리와 지붕을 서슴없이 가두며 폭설은 잦았다고 한다
그래도 언제나 꽃피는 마을이라고 할머니는 말했다
그런데 어머니, 따스운 햇살에 목단 같은 어머니……
어머니는 무엇을 넘고 넘고 자꾸만 넘어가야 하길래
깜깜하고 깜깜하고
또다시 멀고 멀고 먼 산과 내를 저렇게 넘어가고 있는가
마침내는 이 세상, 홀로 외로이 가고 있는 것인가
폭풍우 저 너머로 엄동설한 저 너머로.

고향엘 가면

언젠지도 모르는 강아지가 나와서 반긴다
그 강아지가 어떻게 너를 알겠는가
그래서
형수의 가난도 문간에서 처연하다
작아진 청추리닝을 꺼내 입고
새까만 새끼 돼지들의 콩깍지가 사려없이 밟히는
얼마 남지 않은
네 마음의 마당에 서면
감나무 저 멀리
아버지는 하얗게 피어서 흔들리고
뒤꼍에서 어머니가 오래 돌아나오는 고향엘 가면.

닭벼슬

한겻을 건달처럼 노닐다가

손님이 오셨다

월정사 들리는 외박골 토종닭집

탐스럽게 수국 핀 뒤꼍이라 요두전목

까불까불 눈 굴리고 벼슬 흔들어

에이고! 깃은 날리고

하루 건너 이 벼슬 저 벼슬

오만가지 꽃잎 다 진다는 소리.

바람의 거리

고기 굽는 냄새 흥청흥청한 거리였다
바람 드센 사거리였다
드럼통엔 장작불이 괄게 일고
불티 속으로
그 뒤의 어둠속으로
집 없는 목수와
가난한 운전사와
나태한 시의 노동자로 전락할 줄 몰랐던 어린 세 신세가
주먹이 크고
칼자국이 목을 긋고 지나간
의기롭다는 군복때기 형의 굵은 팔에 안겨 있었다
더러는 불꽃과 소주에 벌겋게 상기되어
서둘러 무엇이 되는 줄 알고 으쓱하기도 했지만
고무 그을음에 휘감겨
어둠속으로 어둠속으로 바람 부는 사거리였다
사람 냄새 흥청흥청한 사거리였다.

常　春

무지무지하게 몰려다니는
버드나무
사시나무
저 꽃들 좀 봐라
대굴통이 길고
가랭이가 너른
햐,
큰길을 다 채우고도
골목골목
오빠들이 겁나게 지나간다야
라일락 무너지게 피고
뭣이 오긴 올란가
볼그락 볼때기로
이다지 가슴 뛰고
뻰질나게 흥분되는
뭣이다냐
벌룽벌룽 몽롱토록
저기,
가득히 몰려오는 이 지금은.

봄에 핀 저 꽃

가을빛 잔뜩 쪼인
초혼의
붉은 치마를 본 적이 있는가

거기 오래 머문 적 있었는가
그 텅 빈 빛의 골짜기

깔깔깔깔, 눈 녹은 이로 속
웃음을 날리며 지나는 누이들 있었는가

그것은 멀리 보기 위해
움츠린 동공으로 보았는가

가을빛 잔뜩 쪼인
산산에
깊은 안타까움은 퍼지고 있었는가.

어떤 凍死에 바쳐

짐을 부려놓고 하얗게 떨더니
감자 상자 뒤에서 잠깐 졸겠다더니
욕같이 춥고 쓰린 새벽
무릎에 턱을 괸 하역부 김씨는
손구락에 낀 담뱃불도 끄지 못하고 식어버렸다
엄마 없는 아이 둘이
눈물을 따라 기어내리다가 멈춰 있었다
야채 썩은 내 가득한 새벽이었다
힘들어도 쉬는 때에도
언제나 세상에서 가장 친한 건
부모님과 자식과 떠나간 아내
그리고 술을 먹던 형제라더니 가버렸다
나는 동료 몇과 소주를 거푸 마시고
깜깜한 밤 트럭과 트럭 사이서
짐짝과 짐짝 사이서 형광빛으로 빛을 내며
쉬지 못하도록 입혀논 그 노란 옷을 찢어버렸다
왜 동사인가를 의심하는 목소리를 지워달라며
하역부 몇개월을 찢어 마감했다
그리고 바로 실업자가 되었지만

그가 마주하고 죽어간 짐짝에 스쳐
올 겨울도 매서운 눈발
가락동 야시의 한구석에 내리고
내 쓸쓸한 그 아침나절의
지워지지 않는 노란 옷이란 명명이
성남행 차창에 피어나고 있었다
덩굴덩굴 성에의 눈물로 피어오르고 있었다.

제 4 부

모든 진정한 삶

소는
망치 하나에 쓰러져
모든 진정한 삶에 활기로 넘친다

날카로운 속눈썹만이 남고

시인은
종잇장에 그 선연한 핏물로 배어
고독했던 자신의 퇴색한 초상과 만난다.

친 구

노을 속으로 너를 보내고 있을 때
한창때의 우리처럼 커버린 아이들과 네 아내가 새 흙내를 맡으며 울고 있었다
우리는 저마다 하관에 등을 돌리고
바다를 향한 노해의 한그루 나무처럼 서 있었다
소주병마다 날빛 눈동자들을 부시고 있었다
너는 공원묘지 여기저기에 있었다
주머니에 손을 찌르고 무슨 말을 하기 바로 전의 표정으로
우리는 세상 끝까지 친해보지 못하고 가버렸다
담배를 꼬느거나 자꾸 내려서는 머리카락을 쓸어올리며
결혼기념사진 속에서도 차려 하고 있었다
너는 그렇게 낚싯대를 끌어채며 페리호 밑창에 잠자는 너를 건져내고 있었다
수많은 치리떼는 무심천 위를 지나 저 멀리로 흘러갔다
이렇게 노을 속에 나를 홀로 세워두고 있을 때면
나는 이 세상 끝까지 함께 가지 못할 그 사람들이 자꾸만 보고 싶었다.

저 산 가는 지붕

그는 이 지붕 아래 돌아오느라
감나무가 많은 집에서
펌프물로 세모래가 끌려나오던 천변으로
흑따개비 산동네와
창으로 공장 문이 보이던 집
단 한번 외롭다구 소리지르지 못했던
지하방과 옥탑방 그리고
등허리 잔뜩 구부려 감고
어디론가 빨갛게 아내를 빼앗긴 뒤
부모와 형제
순한 자식들까지 모두 한데에 잃고
물굽이와 바람을 남루로 돌아
까마귀 짓쪼는 겨울강 모래밭에서
제웅 널린 정월 보름을 또 만날 것이다
짐승의 밤울음과 별똥별을 가슴에 그으며
마음의 문을 겹겹이 닫을 것이다
오만가지 미움을 받든 사람으로
혼자인 날들은 더 많이 굽이칠 거라고
그렇게 사람처럼 쓸쓸함을 절제하지 못하는

울음의 간곡한 난전에 살다가
이제 가기는 갈 것이다 돌아올 것이다.

불 구경

달 보더니 엊저녁 울음이 없다
에미는 마당에 아무렇게나
뻣뻣이 누워 있다
새끼들이 곁으로 흩어져 있다
들도 날도 못하는 구경꾼만 웅성이고
살얼음에 달빛 한바탕 바삭인다
엔제도 살구는 저 가지에 피지 않고
빛나는 하얀 이빨은 달빛 속 헤매일 것이다
무릎 속 딴딴히 걸린 짐승의 소리
그슬린 저 울음 저 누린내
손을 핥고 몸을 비비고 밥그릇 뒤집던
이 사람들은 다 어디로 갔을까.

思無邪

겨울 햇살을 등에 두고
나물을 다듬고 있는
어머니의 궤를 훔쳐본 적이 있다
퀴퀴하게 삭은 신문지와
한장 무지로 사라진 배내옷
거기 아무 관계도 없이
겹겹이 뜯겨져나오던
광포한 사막의 모래바람과
대지의 폐허를 이끌었던
생면부지의 한 마리 대장 메뚜기가
누런 수의에 놓인 금반지 한가운데
멋들어지게 앉아
멀뚱멀뚱 나를 쳐다보고 있는 것을
이런 허탈하고 터무니없는 놈을
오래 전에 내가 보았던.

짐승처럼 울었다

어머니는 꼭 도망쳐 오너라 했다
어머니 어머니……
나는 지금 눈감고도 울 수가 없다

아내는 얌전한 시골여자
저세상에서라도 만나고 싶다고 했다
가끔 그것에 가슴패기가 가렵다

상추밭에 오줌 누다가 잡혀왔다
고향에 꼭 돌아간다
누군가 꼭 마중 나올 거다

나는 나는 장남이다
부모님 은혜를 뭘로든 갚고 싶었다
배를 타는 게 아니었는데……

조선인은 바보 취급을 받았다
밥을 늦게 먹는다고 혼났다
일본놈들이 동료의 바지를 벗기고 때렸다

옛날엔 어머니가 꿈에 보여서 짐승처럼 울었다
지금은 혼자뿐이다
아무도 없는 건 적막하다

그러나 나,
나를 키워주고 어머니가 묻힌 여기
여기를 어떻게 떠난단 말인가.

* 이 시는 북해도신문에 전재되었던 「사할린의 한인들」을 읽고 시화한 것임.

享 年

옥천 청산 백운리,
개울 건너 뽕밭자리 둔덕엔 춤추는 혼불이 산다는 상여집이
비 오는 질은 밤길에 나와 있다

한 자가 넘는 누치가 한겻을 물고 뜯어도
부러지지 않는다는 견짓대를 구해온 돋보기 두터운 아버지의 밤은
강물에 풀어보낸 허기보다 길고 멀었고 달빛도 물어오지 못할 물비린내는
첫 기차를 타러 떠난 새벽 문 앞에 오래 마르곤 했다

지금 그런 견지를 떠나려면
서울 근처엔 청평 모곡 또는 황골을 찾아가거나
누치와 견지꾼들
결거니틀거니 거기 잠겨 있을 옥천 청산 장위리가 있긴 하다.

남극의 바다표범 얘기

남극의 바다표범이 늙고 병들면
먼먼 갈라파고스 최고지에 올라가 턱 괴고 눈썹 흩날린다는 얘기를 듣는다
그 모습 천진난만하게 눈감고 죽을 때면
바람이 불러 그들은 서슴없이 처음의 바람이 된다고 한다
그리하여 주검은 죽음 위에 쌓여갔지만
없어지면서도
한점 남김이 없겠다는 그들만의 간단없는 의례인지
그곳을 더럽혔다거나
죽음조차 결코 교만하지 않았다는 얘기를 더해 듣는다

순결한 영혼의 깊이만이 높게 쌓이는 저 바람 속
높은 곳은 낮출 줄 알고 낮은 곳은 이울지 않게 차오르게 하는 여기 이 사람들아.

낫

쪼그라든 쇠전 옆
나자빠진 대장간 풀무질
꼴도 베고
갈라진 논바닥도 베고
장터 한바퀴 휘이 돌아
평생을 양지쪽만 쫓아다닌
독한 놈 모가지도 썰컹 베고
바짓가랑이 잔뜩 소주를 물고
내 목을 쳐!
제 발로 지서에 찾아들었다가
나이 어린 이장의 너름새나
팔구슬림은 못 이기겠다는 식으로
비닐끈에 친친 감기는
간단히 경운기에 실리는
내 고향의 저녁 해
둥글게 궁글러 다니는
미친 척 저녁 해.

야 만

무덤 무너진 산허리서
달 파먹듯 가난의 뿌리를 씹더니
꽃으로
환히
피어나는 오월 그 하루
소야,
형극으로 뒤엉킨 칡덤불 속으로
물결치는 그 얼굴 밀어넣고서
무슨 생각의 시작으로
쌀자루 주저앉도록
웃어쌓는
소야,
우화도 모르는 누런 벌레야.

남아 있는 소

신림 창신 화가 난 난곡 봉천 성남 부천……
멈추는 곳마다
야하게 산번지를 세웠는데도
티겁은 날마다 들판을 들춰내고
설탕이나 푹푹 타 커피를 마시는 아파트는
아파트를 가리우고
아파트는 또 아파트에 가려 있는데
갈라진 발굽 사이
못 본 듯 노란 민들레가 피어 있다고
아직도 저만치엔
몇몇의 까만 눈부처들 어른거린다고
뒤돌아 멈춰서는
진천 고창 더딘 진안 구례 의성 보성 산청……

한 권 시집

엽편의 이 이야기들을 선뜻
가볍고 빠르고 시원스럽게 사버린 뒤
강과 들과 산을 천천히 지나는 완행열차를 타고 싶구나
남향의 여남은 집매와
기울어진 밭으로 홀로 떨어진 낮은 집으로 찾아가
무슨 생각으로 사나흘을 베고 있어야 할 것 같구나
갈피마다 비치는 차가운 달빛이며
서럽게 죽어간 이 사람들이 남긴 쉼표 하나
멀리 가는 기러기 울음
꼭꼭 닫아 묵혀두고 싶구나
사이사이 흩날리는 눈발하고도
그 무엇에 한참을 열지 못할 것 같은 섣달 그믐이구나.

어느날 콜라

서쪽 바다를 앙금으로 깔은
꽃게인 질탕한 분홍 속에서
그물 끌다 건져올린
따지도 않은 플라스틱병
물고기 대신 거기 담긴 콜라
늙은 어부가 꿀꺽꿀꺽 마시고
턱 제껴 트림을 할 때
척추 마디마디론
가스를 틀어안은 어둠이 청춘이
흔들거리는 눈물이
그 눈물
몸을 꼬아 구름 망둥이로 몽당비로
그리고 저거
상두꾼과 잘 어울렸던 할망구로
담배 빨다가 닥쳐오던
그 천한 그리움의 끝으로
헤어지지 못하고 사는
서해바다 첫사랑으로.

오씨네는 상중

오랜만에 소를 본다
새마을호 타고 가던 봄
그때 놓친 그 황소였다
구면의 그 눈동자가
꿈꾸는 봄날
아지랑이 모양을 하는 동안
출렁이는 갈비 사이서
부황의 단애를 보는 동안
회색의 뼈만 걸친 꼬부랑 여인은
그놈과 다리를 섞으며
아슬랑아슬랑 둑길을 간다
길고 멀고 같이 가는 둑길……
오씨네는 지금 상중이다
엄니 생각이 났다
함께 밭일을 하던
경미네 엄니도 생각났다
슬픔은
광포해지기가 너무도 쉽다.

목욕탕 앞길

몰아치는 흙바람 속을 오가지 못해서
옷깃에 얼굴을 묻고 등 돌린 여인이 서 있던 자리
시끄럽게 소나기 지나간 뒤
생경한 푸른 나무 한그루가 프르르, 빗물을 털며 비눗내 은은히 번져내는
이 오전 10시경이 좋다
그 곁으로 작은 여아의 키만한 어린 나무까지 있어
폐활량 깊은 눈도 상쾌해서 저마다 좋다
이쯤이면 목욕탕 앞길은 도덕보다 큰 것이 물씬하다.

길 가

비 젖은 창 저편
둥글게 지나는 몇집의 밭 건너
어둡고 커다란 포플러 아래로
스피커를 매단 작은 트럭이 멈춰 서고
두 사내가 나붓이 쪼그린다
작은 저 몸짓은 어린 아드님이신지
연기가 오르고
간간이 마른기침 소리 들려온다
몇가지 도구를 싣고 다니며
끼니를 해결하며 사는 저들은 누구인가
부슬부슬 고기 굽는 내는 젖어서 오는데
도중의 저 앉은걸음에게로 동요되는
눈물겹고 정겨운 쓸쓸함은 왜인가
머리숱 속속에 더운 분이 일고
이파리마다 모여
굵어진 물방울이 내게로 떨어진다
차츰 속손톱이 춥다 오장으로 번진다.

생의 한 단계 위를 다스리는 것들

좋아했던 그 여자애가 살던 그 옛집을 찾아가
오래 바라보다 천천히 돌아서려 때
그 애를 똑같이 닮은 작은 애가 흘기듯 사람을 올려다보고 세차게 철대문을 닫는 그곳

어머니 또래의 겸손한 노인에게 자리를 내어주자
애타게 부끄러운 모습으로 두 아이의 젊은 엄마에게로 그걸 다시 양보한다 하여
그 자리에 아무도 앉지를 못해 비어 있던 그 얼마 동안

화엄사서 구례 쪽으로 내려오는 마을 중간
거깃사람들 사는 납작한 허술한 모양으로 사람을 멈춰 세우던 그 집 작은 네모 속
가로로 쓰인 '마산의용소방대' 그 낯설고도 아는 이름

병원 복도 나무의자에 숨을 고르며 길게 앉은
배부른 엄마 곁에 벙글벙글 매달린 어린 아드님의 손이
세상 잉모의 따뜻한 배를 스치다 어루만져서 서로 웃던 잠깐의 그 모습 그 생각

엄마 몰래 또 라면을 끓인 옆방의 세 딸과
막둥이의 숟가락 딸그락거리는 고요한 소리가 새어나는
여섯 가구 지하실 지하방
밖으로 안으로 소리없이 눈 쌓이는 일요일 위의 한낮.

지하철 속에서

몰아치는 지하철 속 폭설은 따뜻하고 포근했다

어머니가 빨래하던 곳은
버들강아지 이른 얼음장 밑으로 개울물이 흐르던 곳

우린 너나없이
천변의 가물거리는 가난 한복판서 장남 장손으로 자랐지

가마니 밖으로 젖은 발을 내놓은 채 죽어간
잊혀진 어린 친구들의 그 얼굴들이 흩날리는 눈발

너도 어머니의 눈빛으로 그 개울가에서 차가운 손 비비며 한 슬픔을 마련하고 있는 줄 알았는데……

바람이 불어 저쪽에서도 꽃이 불어오고

낯선 사내들과 함께 옷깃 깊게 들추며
지하철은 꽃잎과 눈보라에 묻혀 바람속으로 간다.

후 기

여기 이 '돌아온 따님'은 이혼이다.
3개월 만에 홀연 돌아왔다.
얼마간의 조용한 슬픔의 연애기와
혼전에 입었던 물빛 원피스와
화장기 없는 얼굴이 다였다.
마당에 잠깐 나타났다 사라졌다.
말수가 적은 어머니와 어린날 죽은 부친
한여름 민박을 치르는 강변의 허름한 이층집
뒤꼍에서 펼쳐나가는 한적한 푸른 채마밭
바짓가랑이로 아욱 상추 쑥갓 가지 치커리가 젖고
옥수수밭이 제법 우거져 있다.
그 언덕을 조용히 내려서야 강물이 굽이 돈다.
강물 속엔 산그늘이 비치고
산그늘 속엔 끄리 누치 꺽지 빠가사리가
말풀의 흐적임 속에서 유유히 산다.
이 '돌아온 따님'에게
유원지의 입장료를 받는 남정네들과
오토바이를 몰고 가는 동네 청년

강변으로 놀러온 몇몇의 눈길이 잦다.
그래서 '돌아온 따님' 얘기가 있는
시 「아흐레 민박집」을 발표했더니
'돌아온 따님'의 위치를 묻는 사람이 많았다.
그때마다 나는 나 혼자만이 간직하겠다는
의미있는 미소로 일관했다지만
'아흐레 민박집'은 서울서 두 시간 거리에도 있고
이 나라 어느 강변에도 존재한다.
그렇게 오도가도 못하도록 날 붙잡아주던
그 '아흐레 민박집'을 이 깊숙한 서울에다 옮겨놓고
나는 끝이다. 눈도 비도 이젠 다 끝이라며
이렇게 마구 첫시집을 엮는다.
그러나 마치 봄날의 강변을 가듯
그 강변에 핀 흰 꽃을 가진 파릇한 찔레를 보듯
애틋한 연정의 마음으로 사람의 시를 보고 싶다.
어떤 밉고 못생기고 버림받은 마음이
찔레꽃 별것 아니라고 뜯어 흩뿌려주기도 할 것이다.

1999년 4월
박 홍 식

창비시선 186
아흐레 민박집

초판 1쇄 발행/1999년 5월 1일
초판 3쇄 발행/2016년 12월 6일

지은이/박홍식
펴낸이/강일우
펴낸곳/(주)창비
등록/1986년 8월 5일 제85호
주소/10881 경기도 파주시 회동길 184
전화/031-955-3333
팩시밀리/영업 031-955-3399 · 편집 031-955-3400
홈페이지/www.changbi.com
전자우편/lit@changbi.com

ISBN 978-89-364-2186-1 03810